# Gluscabi y los animales

**Cuento de la tribu de los abenaki**

Lada Josefa Kratky

NATIONAL GEOGRAPHIC LEARNING | CENGAGE Learning

Gluscabi era un prodigioso y orgulloso arquero. Un caluroso día de verano, salió de cacería a un bosque cercano, con su arco y sus flechas. Al llegar al centro del bosque silencioso, los animales lo vieron y, temerosos, se escondieron detrás de los árboles y las rocas. Gluscabi, el gran aventurero, buscó por monte y valle pero no vio ni un animal.

Regresó al caserío, sudoroso y desilusionado, y fue a hablar con su Abuela Marmota.

—Abuelita Marmota, costurera cariñosa, necesito una bolsa para llevar de cacería.

Abuela Marmota era una maravillosa costurera. Hizo una bolsa de piel de caribú. La cosió firme y fuerte.

—Esta no sirve —dijo Gluscabi—. Hazme otra.

Abuela Marmota hizo otra bolsa, pero esta vez de piel de venado. La cosió firme y más fuerte todavía.

—Esta será más beneficiosa —le dijo.

—Esta tampoco sirve —respondió Gluscabi—. Hazme otra.

Abuela Marmota hizo otra bolsa aún más fuerte y firme, de piel de alce.

—Esta sí que te va a gustar. ¡Quedó maravillosa! —le dijo a Gluscabi.

Gluscabi también la tiró y dijo:

—Téjeme una de pelo de marmota.

Deseosa de complacerlo, Abuela Marmota se arrancó los pelos de la panza y tejió con ellos una asombrosa bolsa mágica.

El arquero Gluscabi regresó al bosque con su asombrosa bolsa mágica. Llegó a un claro y llamó a los animales:

—¡Compañeros, escuchen! Va a pasar algo espantoso. Habrá un apagón. ¡El Sol se va a apagar! Métanse en mi bolsa. Yo los voy a salvar.

Los animales, temerosos, se metieron en la
bolsa de Gluscabi: los conejos y las ardillas, los
mapaches y los zorros, los venados y los caribús,
los osos y los alces. Había lugar para todos
en la bolsa asombrosa.

Gluscabi amarró la bolsa y se la
llevó a Abuela Marmota diciendo:

—Abuela, ¡ya no tendremos
que salir de cacería! Tenemos todo
en esta bolsa.

Abuela Marmota miró en
la bolsa y vio que todos los
animales del mundo
estaban allí.

—Gluscabi, esto no puede ser. Si no los sueltas, todos esos animales se te van a enfermar. No tenemos enfermería y se te van a morir. No quedará ni uno para tus hijos ni para los hijos de ellos.

—Y fíjate —continuó—, el bosque debe ser la guardería de los animales, no tu carnicería. Es bueno que sea difícil cazarlos. ¡Si fuera fácil, no quedaría ni uno! Si los sueltas, los animales se esforzarán más para ocultarse. Y tú te esforzarás más para hallarlos. Así debe ser.

—*Kaamoji*, Abuela —dijo Gluscabi—. Tienes razón. Así debe ser.

Regresó al bosque con la bolsa y soltó allí a los animales.

—Váyanse, compañeros —les dijo.

Y en el bosque debe estar la mayoría todavía, gracias a la prudente y juiciosa Abuela Marmota.